閣樓小壁虎

全新插畫經典復刻版

鄭栗兒——著
蔡豫寧——繪

好讀出版

〈新版序〉

成為你自己

那應該，可能是一九八九年的冬天吧，我在基隆後火車站山丘的家裡，遇見一隻剛出生很小的小壁虎。

淡淡灰灰的顏色，有一雙無邪的大眼睛。怎麼在這個季節還有壁虎出生呢？我心想。隔天，就發現牠四腳朝天，死在閣樓地板上。

生命如此脆弱呀，來不及經歷，就已經離去，那麼此生的意義是什麼呢？

當時年輕的我，正在一個人生十字路口的交叉點上，對世界有著憧憬，對人生感到迷惘，對未來充滿著想像，但又不知道該往哪個方向前進。

某晚，陷入低潮的我，卻遍尋不著任何摯友，於是我就在小閣樓拿起紙筆，書寫到天亮，完成了小壁虎和老蜘蛛在閣樓相遇一晚的對話與故事，成為自一九九一年來不斷重新出版，亦推出大陸簡體版、越南版，至今仍存在讀者心中的「成人非童話」《閣樓小壁虎》。

對我來說，寫這本書的那一晚也是充滿神奇的召喚。在前幾年接受博客來 OKAPI 受訪時，我曾如此敘述：「一開始也只是順應著一股靈感，但整個過程到後來卻隱約有一種和整體的聯結，彷彿宇宙要透過這一刻向我傳達些什麼訊息。寫完這個故事的瞬間，天也亮了，我好像完成了什麼，原來內在的那些澎湃，對生命的諸多懷疑，對往後的茫然，突然都釋懷了！」

日後，當我開始接觸身心靈領域，乃至從文學作家成為心靈導師，我才明白那個夜晚，宇宙藉由我的手所流出的秘密，《閣樓小壁虎》所要傳達的就只是一個概念：「你如何成為自己。」也因此後來小壁虎三書成為身心靈療癒必讀的生命之書，當時有很多讀者誤以為我是位五、六十歲的中年作家，其實出版那本書時，我還是很年輕的女孩。

這本在當年深受歡迎的小書，因為以「成人非童話」的概念推出，陸續找了著名的插畫家尤俠、陳敏捷插圖，三版（有鹿出版，二〇一四年）是畫家張立曄彩色繪作和女兒潘以寧的禪繞畫，我自己也畫了幾幅線條插圖。由於小壁虎共有三書，我個人一直很希望能完整重新出版，故於今年夏天由好讀一起推出，由新生代插畫家蔡豫寧融入許多手繪風格而成，說起來是《閣樓小壁虎》所有版本中最貼近童話的呈現。

每一版的出書後記或序言，多少都會記述我這階段對自己和對人生的見解，我不是一個自滿的人，當然做為一個作家必然會有些自戀，但這種自我感的需求對我說來已經降低很多了。我一樣是對宇宙充滿信任的人，對未來仍懷有諸多創造與想像，一個巫師透過冥想去描繪未來，同時也不再將個人經驗視為自身；以一個禪的行者自許的我，力求活在當下，圓滿在當下，時時與宇宙合一，並與萬事萬物交流，這些已不再是美麗文字的描述，而是可以化為真實的經驗。

或者說，三十年前我只是寫出《閣樓小壁虎》的文字，而現在我是活出這本書來。我常常勉勵我的學生：「生命是一場內在的朝聖之旅，你們要走在自己的路上，找到自己最適當的位置，找到最能展現自己才華的工作，你的力量才會施展開來。」這也是《閣樓小壁虎》帶給我的教導：小壁虎象徵我們內在永遠的純真，就算你變成了老蜘蛛，如同我現在一般，也要永遠設法保持內在的純真，不要被世俗的價值給吞噬。

話說回來，那一晚我打遍了所有好友的電話卻無人回應，隔天書寫完了，我倒頭大睡，電話卻一通通響起，問我什麼事，我回說：「沒事了！」

最後以本書的一句做為結語：**勇敢地去嘗試生命的各種經驗，把各種滋味都嘗一點，你的人生就完整了。**

不要成為一個理想的別人，永遠成為一個真實的自己！祝福每一位小壁虎。

——愛來自栗兒，二〇一九年六月六日

當你不小心在你家的牆壁上，
或者某個隱藏的角落，
發現一隻壁虎時，
請不要將他打死，
他也許是長大以後的閣樓小壁虎！

溫度十一度C，

小壁虎癱在舊閣樓的舊書桌上，

凍歪歪的！

「我一定要死了，再這麼冷下去的話！」他想。

小壁虎真的很小，絕不超過五公分，

身體的顏色淡淡灰灰的，長得非常簡單。

如果仔細看，

還可以瞧見他小小的眼皮下，一雙無邪的大眼睛。

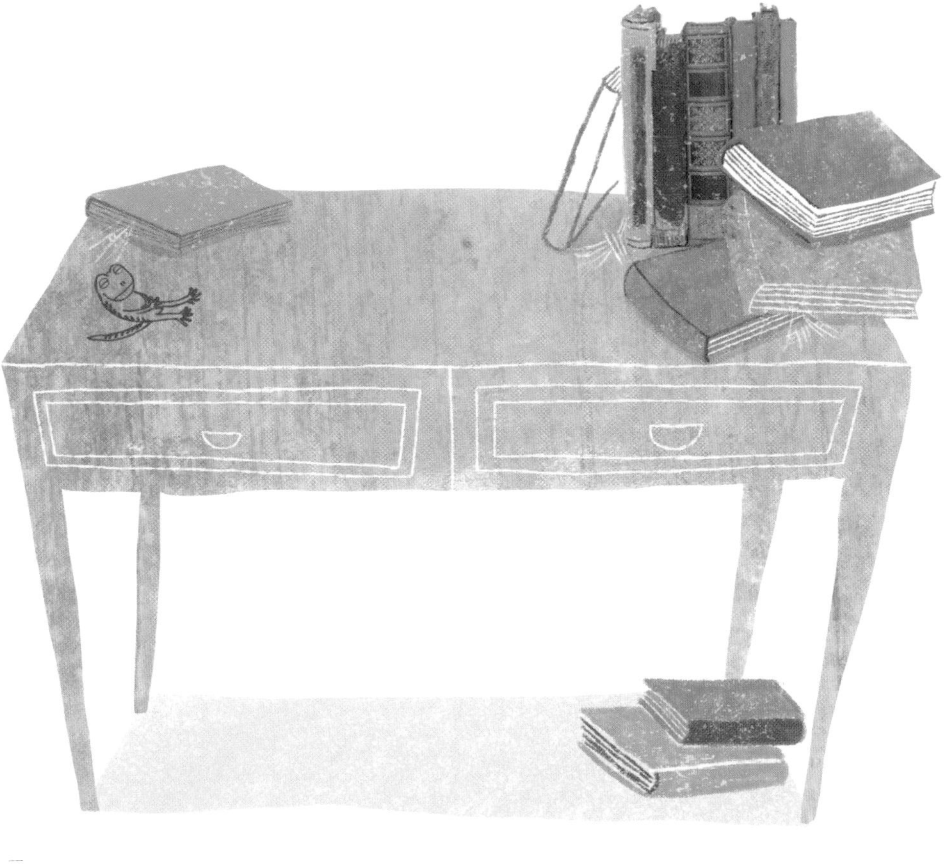

是的，他真的非常可愛、非常小！
也許出生不到半個月，
只是天冷了，快冬天了，
他的出生真不是時候。

也許他應該在夏天出來認識這世界，
他會覺得大自然的一切還不錯，
至少有溫暖的陽光。
他可以躺在樹蔭下，睡一場懶懶的午覺，
醒來吃吃蟲，四處走走。
可是，這時候的他，即使非常努力地想要長大，
卻不知能否過得了這般冷的冬天。

「我是在哪兒？這裡到處一片涼颼颼。」
小壁虎踢了踢左後腿，再換右後腿。
這樣的活動筋骨一下，讓他稍微舒服一點。
「我的血液是冷的，我必須努力地動！」

小壁虎這樣動了好半天，突然覺得十分沮喪！

「難道我的生活，就是要這樣不停地踢踢左後腿，再換右後腿？」

小壁虎停止他的活動，

癱在舊書桌上，兩眼各流了三滴眼淚。

他無邪的眼睛，被淚水洗得更清澈了！

這時，他的二．五公分尾巴突然動了動。

「我瘦瘦小小的尾巴，一點養分都沒有。

我必須好好吃一頓，

把它餵得肥肥大大的，它才能幫助我過冬。

是的！我應該趕快去冬眠！」

蜥蜴類的動物們在冬眠時，是靠尾巴儲藏的養分補充能量，

所以冬眠之前，他們都得好好大吃一頓。

可是小壁虎的運氣很糟，

已經秋末冬初，許多昆蟲都不見了！

小壁虎想找到食物，變得非常難。

「這裡的蟲都去了哪兒了，我只看到一堆舊書，和一堆雜物。」

小壁虎舉目四望，

舊閣樓空蕩蕩的四、五坪空間中，

灰塵積了厚厚一層，

就只有人們丟棄的東西，沒有一隻蒼蠅或蚊子。

小壁虎勉強從書桌跳到地板上，
睜開眼努力搜尋。
一陣冷風從窗口縫隙吹進來，
小壁虎的身體猛然抖動一下，
顏色變得更灰白了。
「好——好冷啊！」

冷，成為小壁虎極大的痛苦。
人生有許多種滋味，有許多種憂鬱和喜悅，
像愛情啊，牙痛、失戀、生病的……
小壁虎還未品嘗其中任何一種，
冷就成了他唯一痛苦的感覺。
「這世界什麼都不給我，我卻要冷死了！」
小壁虎的雙眼又各流了三滴眼淚。

「咳——咳——」

從舊書堆角落傳來一陣蒼老疲倦的聲音。

小壁虎收起他的眼淚，頭側向書堆角落。

「誰？」

小壁虎慢慢走向舊書堆角落，

小心試探：「有誰在那裡？」

小壁虎的心臟有點怦怦跳，

不管是誰，

至少他暫時不會孤獨了。

舊書堆纏繞一堆被風吹散的蜘蛛絲，
一隻蜘蛛正隱匿在蜘蛛絲之中，
他可以是小壁虎的食物。
「哦！是一隻壁虎。
欸！反正我早晚會被冷死的，你就吃了我吧！」

這隻蜘蛛非常、非常老了，
大概是他年紀太大了，
所以這個冬天他索性就在閣樓等死。
小壁虎覺得非常奇怪，
一隻蜘蛛居然自願讓他吃掉，逃也不逃。
「你是不是有病？我不吃有病的蟲，這樣我會生病的。」
小壁虎雖然很餓，
可是他覺得對於他的食物，也需要慎重地選擇。

「我沒有病，我只是老了，我很老了！
一般蜘蛛能活到像我這樣的年紀，就很了不起了。」
老蜘蛛抬抬他的下巴，
對於他的生命歷程與智慧，
他是非常自豪的。
小壁虎聽了他的話，
眼淚不禁又滴了三滴下來。
「是的，你是了不起的，
而我，不知道能不能活到像你這樣的年紀？」

老蜘蛛活了這麼老，
最不能忍受別人在他面前掉淚，
他用溫柔的語氣輕輕呼喚：「過來，孩子，到我身旁。」
老蜘蛛並不擔心小壁虎會吃了他。
小壁虎慢慢走近身旁，
老蜘蛛用一隻手拿起散落的蜘蛛絲，擦擦小壁虎的淚水。
「孩子，其實我並不是那麼了不起，我只是有點驕傲！」

小壁虎灰灰淡淡的身體，恍惚出現一絲紅潤。
從來沒有人這樣子對待過他，
他覺得有種非常奇特的感覺，正鑽入他冷冷的血液裡，
使他覺得不那麼冷了！
他第一次發現自己居然不需要活動筋骨，也可以不那麼冷！

「驕傲是沒有用的，

孩子，你看看我，也沒多少日子可活，

我還能驕傲多久？」

老蜘蛛擦完小壁虎的淚水，

頭微微低著，閉上眼，彷彿在打瞌睡。

「他一定是一隻非常有自尊的蜘蛛！」

小壁虎看著老蜘蛛，不忍心吵他，也閉起眼。

剛剛溫暖的感覺消失了，他必須再踢踢他的腿。

這樣不知過了多久，一小時、兩小時……

天黑了，舊閣樓一片灰暗。

「咳！咳！」蜘蛛乾咳兩聲。
天冷時，他的老毛病就會發作。
「咳！我還活著！
又是一次從天堂回來的經驗，
只是我待在天堂的時間好像愈來愈長，
我快要完全待在那裡了！哎呀！這裡實在很冷！」
蜘蛛看看小壁虎，看了好半天，
才恍然記起，這是他下午認識的朋友。
他看小壁虎不時地踢踢左後腿，又換右後腿，
知道他冷，便把蜘蛛絲拖過來蓋在他身上，
這個動作不小心驚醒小壁虎。

「你醒了，我的朋友，咳——咳——」
老蜘蛛的毛病顯然不輕。
「你為什麼一直咳個不停，是不是和我一樣很苦？」
這是小壁虎第一次關心別人，
他不曉得自己為什麼會這樣。
以動物的本能，他應該一口氣就吃掉老蜘蛛，
而不是關心他的咳嗽。
但是這種關心的感覺，
顯然比吃掉蜘蛛要好些，
雖然小壁虎的肚子確實滿餓的！

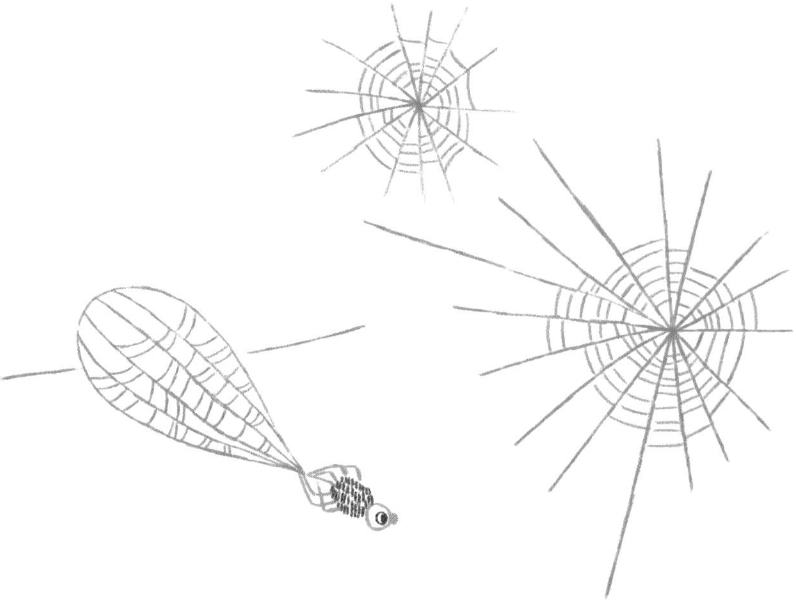

「你苦的定義是什麼？」老蜘蛛問。

「我必須不時地踢踢左後腿，

再換右後腿，因為空氣讓我很冷。」

小壁虎無奈地回答。

老蜘蛛點點頭，

說：「呵！孩子，我苦的定義就不是這樣，而是一種追求！」

老蜘蛛回想起他年輕的時光，

眼神有一種異樣的光芒閃現，

那是一種充滿自尊的眼神。

「當我出生時，我的絲就吐得特別好，
後來我的母親讓我們兄弟離開她的身邊，
各自尋找自己的天地！
那天風正起時，我向母親告別，
吐了一口長絲，我的絲吐得真好，
像把長長的降落傘，風就把我載走。
我離開我的兄弟，到達一個遙遠的地方，開始我的流浪。
你知道嗎？我是我的兄弟之中，被風載得最久的一個，
看！我的絲吐得多好！咳！咳！」
老蜘蛛回憶年少的往事時，
感覺好像才是昨天發生的，
又好像根本沒發生過。
小壁虎專心聆聽，
對他而言，這一切都非常地新鮮。

「後來，我到達一座森林，
那裡住了不下上百隻的蜘蛛，
我選擇一棵松樹住了下來，開始織網。
靠我母親遺傳給我的天賦，我織的網又密又牢，
每天都可以捕上幾十隻蟲，讓我吃得又肥又壯。

那其他蜘蛛們可沒有我這種本領，
我的能力讓他們又嫉又羨。
許多母蜘蛛也十分崇拜我，
都等著我說：『嫁給我吧！妳將擁有一個非常值得驕傲的丈夫！』
可是，我並沒有那樣做，
我總覺得我的生命還欠缺什麼，
不是吃得飽飽的，或是被崇拜的榮耀。」
老蜘蛛停頓了一下，小壁虎滿臉困惑，
這是他未曾有過的經驗，所以他完全不懂。
「你有食物吃，已經夠好了，你還要什麼？」
對小壁虎而言，現在最大的願望就是好好大吃一頓，
可惜他的願望像氣泡。

「孩子，你將來長大就會知道，
每個人來到這個世界上，
所要追求和必須完成的意義都不同。
那時年輕的我也不知道為什麼，
我的日子過得十分順利，卻讓我快樂不起來。
後來，我厭煩了每日重複的織網捕食，我就不織了！
開始有一頓沒一頓的，所有的蜘蛛都嘲笑我，
原本崇拜我的母蜘蛛也漸漸不喜歡我，
因為我再也不是一隻強壯的公蜘蛛。
這一切讓我感到可笑，
當拋開一切有利於你的條件時，
世俗就不能容忍你赤裸裸地呈現，
他們認為你一無是處，不願接近你，你就開始孤獨。
而當你擁有各種有利的條件時，
世俗雖然諂媚你，卻不時用嫉妒的眼睛傷害你，
你一樣是很孤獨的。

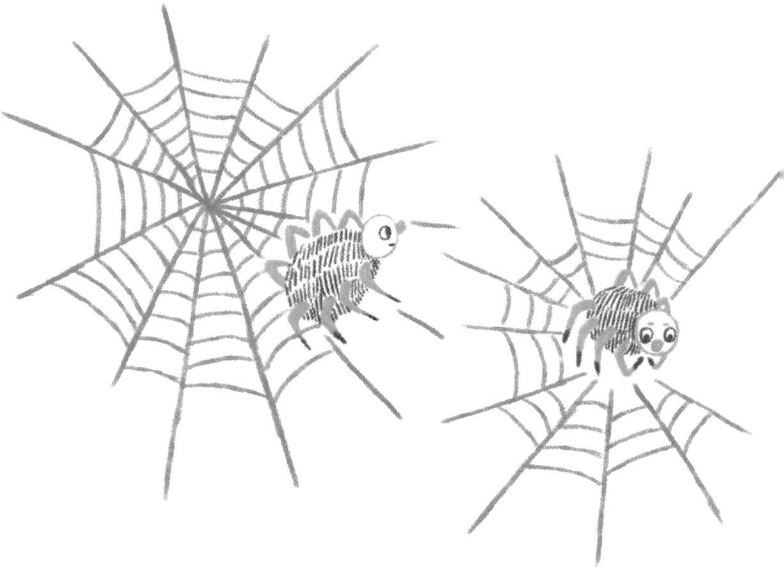

這樣的群體關係使我非常灰心，
所以我離開了那裡。」
小壁虎完全不懂什麼是群體關係，
他一出生就是孤伶伶的。
他的母親把他孵出來就不見蹤影了，
大概躲去避冬或者死掉。
這個世界對他來說，實在太陌生了！
他還沒有被教育如何成為一隻強壯的大壁虎，
就要茫然摸索生存的本事，
而老蜘蛛的孤獨遭遇與他截然不同，
至少這是蜘蛛自己選擇的，不像小壁虎是被迫接受的。
老蜘蛛繼續他的故事，
今晚他的記性不知為什麼特別好，
大概太久沒有人聽他說話了。

「我到達一座小鎮，筋疲力盡，
便在一個農舍倉庫暫時落腳。
我太累了，
長途跋涉的辛苦在突然得到放鬆時，
一下都淹散開來了。
我躺在倉庫角落不知昏睡了多久，
生命對我而言已無意義。
那時，我只想永遠地睡著。
就當我睜開一隻眼睛時，
發現有一雙溫柔的眼睛在注視著我。

你知道，在某種精神困厄之時，
有人這樣溫柔地注視著你，是件好事。
所以，我也自然而然地接受，
並且回報以溫柔的神情。
我們就這樣彼此凝視了數分鐘，
那是一隻長得相當美麗的母蜘蛛。」

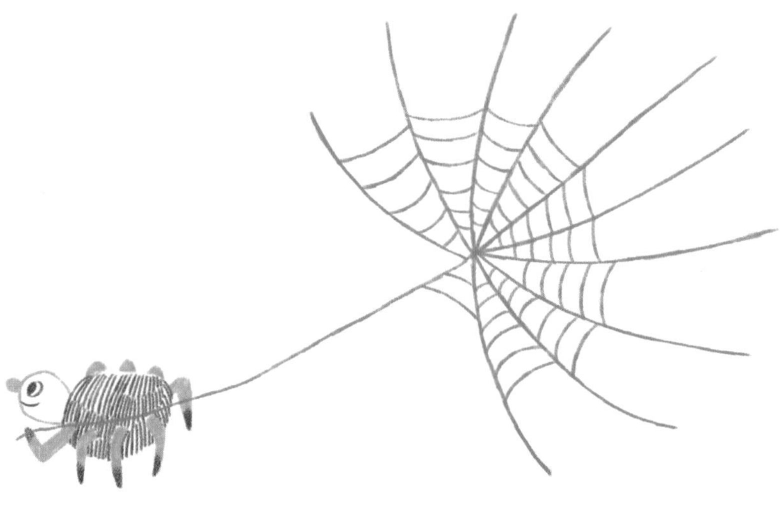

「『你已經昏睡了一星期，我以為你死了！』
她的聲音好聽極了！
在說話的同時，遞了一隻蟲到我嘴裡。
我非常地感激她，便在倉庫住了下來，
我想這是愛情嗎？
我也不知道，我只知道她是一隻溫柔的母蜘蛛。
等我身體好一點時，我就開始織網，
對於這隻母蜘蛛，我覺得有一份責任，
所以我必須負起陪伴她、照顧她的責任。」

「責任是什麼？」

小壁虎的眼眨了兩下，忍不住問老蜘蛛，

對他而言這是個全新的名詞。

老蜘蛛想了想，用一種最簡單的解釋回答小壁虎：

「責任，就是一種『相對地付出』，

如果有人對你非常好，

你也必須回報他好，這就是責任。」

小壁虎的眼睛又冒出三滴淚。

「我非常非常地貧乏，

從來，沒有人對我有過責任，

我也沒有對人有過責任。」

小壁虎想起他一直形單影隻地活在這個世界，

甚至他都不知道——

他是透過母親的生育才存在在這個世界上，

他的母親對他沒有過責任。

老蜘蛛憐惜地看著小壁虎，
輕輕地說：「孩子，怎麼會呢？
你和我之間不是已經產生了責任？
當人和人之間有了互動，
就有了關心和瞭解，也就有了責任。」
小壁虎的身體又隱約泛起一絲紅潤，
這種感覺真的很奇特，他有點喜歡這種感覺。
「可是，孩子，責任有時候也成為一種負擔，
尤其對當時年輕的我——不斷想追尋一種生命的價值而言，
我在倉庫的日子顯得平淡無奇，
就像我說的：
每個人在這個世界上，都有他必須去完成的意義。
『我彷彿欠缺了什麼！』我又開始想了。」

「這種想法隨著時間越來越巨大，
大到讓我喘不過氣來，
而我對那位溫柔的母蜘蛛卻有一份責任。
在這種矛盾之下，
我不斷想逃，卻又不得不留下。
我的身體在她身邊，精神卻飛得好遠、好遠。
她漸漸發現我的不安，
我們之間漸漸產生距離，
她完全不能理解在我心靈的某種強烈的追求，
是一種什麼樣的生命價值。
說實在，當時我也不清楚。
有時候，老天爺不會立刻讓人明白某些事，
總要經歷過一番深刻的探索之後，
才會慢慢浮現真實的答案。
終於，某個晚上，我告訴她：『我必須去流浪。』
她流了許多眼淚，知道她不能留住我。」

「孩子，你要知道，
這世界上的每個人都屬於他自己，而不屬於任何人，
所有的付出必須出自心甘情願，
而不是一種佔有，更不能要求回報。
如果你能夠多給別人一點，那麼就儘量給予，
但是如果建立在回報的基礎上，
那愛就只是一朵枯萎的花，
只有花的形體，卻失去驚豔的鮮活顏色。」
小壁虎思索這話：每個人都屬於他自己，不屬於任何人。
就像他，他的生命雖然孤獨無依，
卻是完完全全屬於他自己。
當他這麼想時，他覺得自己不再那麼貧乏了。

「我到達一座城市，在城市裡，我們蜘蛛是比較難生存的。

城裡的人們酷愛整潔，房子會請傭人打掃得乾乾淨淨；

可是很奇怪，他們從來不會把自己的心靈打掃乾淨。

他們的臉上經常假裝一種高貴的神氣，

心裡卻充滿自私貪婪的欲望。

就拿一個例子來說：

他們常常舉辦宴會，邀請許多有名望的人參加。

在宴會中，他們會不斷誇讚對方的打扮、身分和地位；

可是，一轉身就開始批評對方的身材臃腫難看、舉止可笑，

甚至計算著如何利用對方，把自己的身分、地位捧得更高。

地位對他們來講是非常重要的！」

「他們必須不斷告訴世人：
『我有多少財富、我有多少頭銜……，我是多麼地了不起！』
這樣，他們才會鬆了一口氣，
但是在他們鬆了一口氣之後，
更多的時間中，為了不擇手段獲取地位和財富，
他們必須再緊閉好幾口氣。
他們不會想生命就是好好地呼吸，
而不是這樣地鬆一口氣、緊閉好幾口氣！」

老蜘蛛故意學著那種不順暢的呼吸方式，
小壁虎被逗得呵呵笑了起來。
雖然不知道城市世界究竟是什麼樣，
但小壁虎卻覺得這樣的呼吸方式，確實是很累的！
小壁虎哈哈笑了兩聲後，眨動純潔的眼睛，
小小聲地說：「我只要吃飽就好了，地位我是不需要的！」
老蜘蛛點點頭。

「為了爭取生存空間，我必須不斷和那些打掃的傭人奮戰，
我住過洋房、別墅和高樓大廈，
不管我住在哪裡，發現人們都有一些共同的毛病——
他們喜歡抱怨！
任何事都抱怨！
包括聽一首美妙的樂曲，
他們不會欣賞其中優美的旋律，只會挑幾個音符大肆批評。
你可以說他們非常追求完美，
但是他們卻很容易原諒自己的行為，
而且他們喜歡找一堆藉口去解釋一切事情，
把他們的世界搞得十分複雜，
所以他們也喜歡猜疑！」

「在那裡，我認識一種動物，
非常滑稽，那是一隻鸚鵡。
人們教她說什麼話，她就說什麼，非常得人寵愛。
後來，我終於知道人們喜愛她的原因：
人們喜歡自己說過的話不斷地被傳誦，
最好是隻字不漏，一模一樣。
當鸚鵡迎合主人的心意，
說一些人話時，主人就非常地得意。」
老蜘蛛說到這裡，突然記起什麼似地告訴小壁虎：
「記住！在你長大之前，
你有一段漫長的摸索時光，
你會遭遇許多考驗和挫折，
但是你得學會用自己的想法去判斷、去決定，
並且當一隻勇往直前、完全是你自己的小壁虎，
而不是任何小壁虎。」
小壁虎想了想，點點頭。

窗外的風又起了，已經子夜。

老蜘蛛卻顯得精神奕奕，眼睛陡然亮著光。

「某個晴朗早晨，我又被女傭趕出了門。

趁著大好陽光，索性我就到城裡的公園散步。
當我懶懶地漫走在青苔石階上時，
突然有一個聲音喊住了我。
是的！多年後，我一再回想，
這一剎那是我生命轉變的重要時刻。
『嗨！別再閒晃了！人生可不是這樣浪費的。』
我四處搜尋，不知哪裡傳來的聲音，
甚至不知道是不是在和我說話。
『嗨！就是你，黑蜘蛛，我在和你說話，你應該看著我！』
我循聲望去，原來是樹上一隻五顏六色的花蜘蛛。
『嗨！有事嗎？』我禮貌地回應著。
『上來一下，幫我個忙。
我的網剛被風吹了個破洞，
我不想有一張不完整的網。
可是，我現在累得要命，
織這張網讓我累了好幾天了！』」

「當時，我想織網是我擅長的，
我很樂意為別人做一點事，
也順便露一兩手自己的本領，
所以，我爬上了那棵樹。
天哪！當我看見那張網時，卻教我震驚不已。
好半天，我說不出一句話來。
『你不是要幫我補網的嗎？為什麼不動手呢？』
花蜘蛛疲倦的聲音有一絲埋怨。
那張網，教我如何補起？
那是一張非常非常特別的網，所有的絲線交織成美麗的圖畫，
正是這座公園的景象。
有幾滴露珠正好沾在圖畫的絲線上，
把整幅畫襯托得更加晶瑩剔透，甚至有種純潔的光芒。
公園的樹林、青苔小徑、綠色苔蘚，
還有盛開的野花，全成了發亮的絲畫。
無疑的，她是一名藝術家！」

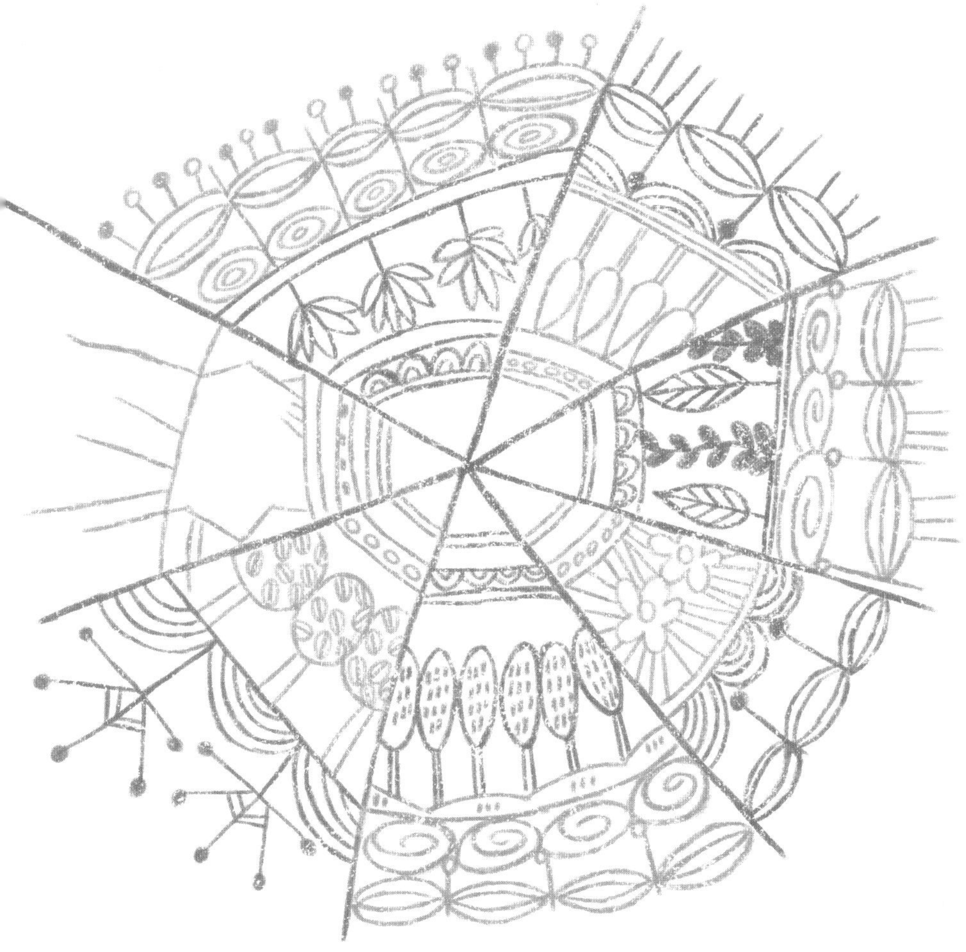

「我語帶興奮，回說：『我不知道該怎麼幫你！不過我願意試試看！』

我母親遺傳給我的天賦，又開始蠢蠢欲動了！

我感覺我的生命有一股力量正往上湧動著、湧動著。

『花蜘蛛點頭答道：聽著，現在你爬到左邊那個破洞，幫我把樹木重新織上葉子吧！』

這隻花蜘蛛面露疲態，看來好幾天沒睡了吧！
我聽她的話，開始用我的絲補上樹葉。
好奇妙的經驗啊！
雖然我曾經住過許多棵樹木，
卻不曾仔細看過那些樹的輪廓、葉子的脈絡，
而現在我要織一棵樹了，
我仔細觀察周遭樹木的形狀，
發現每一棵樹，每一片葉子都有自己的模樣。
我真實地知道，楓樹的葉形和槭樹差別在哪裡，
這是我第一次專注地觀察身邊的景物，
看著它們，感受它們，所有的景物都活了！
風跟樹在說話，野花在落淚……
令我十分詫異，大自然竟有如此神秘的天地！
我卻絲毫未察，
只一味地活在自己狹窄的世界，
我的生命彷彿更寬闊了，
自己變渺小了，卻更豐富了。」

「我的心撲通、撲通地跳動著，
然後我開始工作，那隻美麗的花蜘蛛開始休息。
依著大自然給我的形象，
三天後，那棵破了洞的樹葉已經完全濃密，看不出任何破綻。
花蜘蛛也醒來了，看見這幅完整的作品。
『你是第一個能幫我完成作品的蜘蛛，
雖然那些葉子的線條，還嫌不夠流暢，
不過已經能掌握葉子的脈絡了！』
我忍不住問她：『你的網不是用來捕食的嗎？』
她笑了：『每隻蜘蛛的網都是用來捕食的！
你看——這公園裡有許許多多的蜘蛛網，幾乎一模一樣，
這世界並不差一隻蜘蛛織一張和別人一樣的網，
卻需要一些特別的網，
除了捕食之外，還能記錄自然的變化，
傳動生命的熱情和內心的愛。』」

「我忍不住讚歎：
『是的！你把你住的這座公園織得這麼迷人，
你一定很喜歡這裡的風景了。』
她搖搖頭：『我每到一個新的地方，
就會把那裡的景物織起來，
不同的季節，不同的異地，
我已經織了無數的圖畫，連自己都數不清。』
『那麼，你走過很多地方了？』
我看著那隻花蜘蛛，內心十分疑惑，
她看起來非常地年輕，
甚至有一種天真的任性，
絲毫沒有長途跋涉、歷經過滄桑的樣子，
好像她一直待在這裡，從來沒有離開過，
才能把那幅畫織得這麼好。
『我不知從哪裡來，
也不知下一站要去哪裡！

我到過山上，去過海邊；
穿越鄉野，來到城市。
好像買了一張長程車票，
我的人生是一趟圖畫旅行。』
她那詩語般的聲音，使我忍不住朝她靠近。」

「『不要靠近我，我不喜歡人家接近我。』
她十分堅定地拒絕我！
『可是，我幫你把圖畫完成，
我們總可以當個朋友吧！』
『現在我們已經是朋友了！
朋友不一定要靠在一起。
再說，你並不是幫我完成我的畫，
你是為你自己而畫的，
雖然只是織了一些樹葉，
可是沒有樹葉，那棵樹就不是樹了！』
接著，她吐了一口絲從樹上跳了下去：『現在，我要走了！』
我大聲呼叫她，也跟著吐一口絲跳了下去。
『等等！你的網甚至都還沒有捕上一隻蟲，你就要走了！
你的圖畫才剛完成，
你都還沒有好好欣賞它，你就要走了！
萬一它又被風吹破了個洞，那怎麼辦呢？

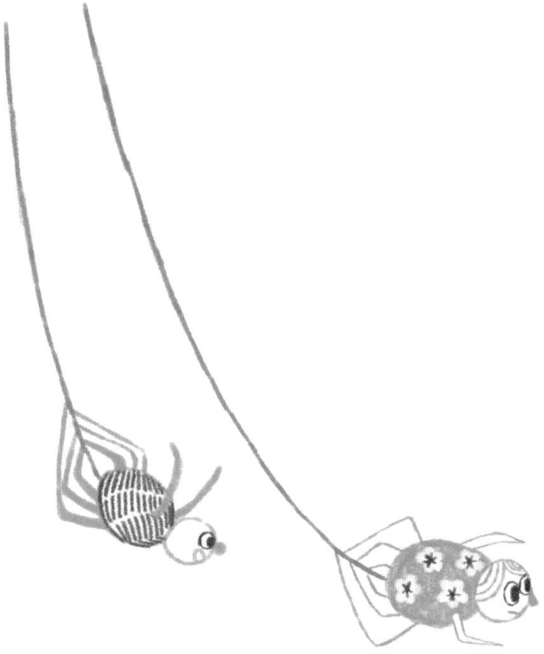

等等！你不能走！』我急急地追著她。」

「她回頭看了我一眼，說：

『它已經被完成了，這就夠了，而且它已經屬於過去了！

至於捕蟲的事，我告訴你，填飽肚子不一定是最要緊的！

如果你喜歡，那張網已經屬於你了，再見！』

她真的頭也不回地走了！

我呆愣了一會兒，決定跟她一起去旅行，不管她同不同意，

於是我趕緊追上她。

『我的行程都是一個人的。

每一個人來到這世界，都是自己和自己在一起。

所以，你不要跟著我。』花蜘蛛拒絕我的同行。

『我的旅程只是恰好與你相同，我沒有跟著你。』

我從來未曾像此刻這樣，被一隻母蜘蛛給深深吸引，

我的心開始有種幸福的感動，

所有、所有的願望，就只是和她自由自在地旅行。

她默不作聲，不算同意，也不算不同意。

於是我們一起流浪了，一前一後，

她始終不願讓我靠近她，一步也不行。

當我愈來愈瞭解她時，

愈覺得她對我的重要性，非比尋常。」

「我們每到一個地方，就開始織畫。
她耐心教導我織畫的技巧，
她的畫織得又快又好，簡直是不朽傑作。
但是她從來不評論自己的畫好壞，
卻花更多的時間討論我的作品。
漸漸地，我的畫也織得和她的畫一樣好。
我們的日子簡單而快樂，
充滿旅行隨處發現的趣味。
可是我愈來愈痛苦，
不管我們的心靈多麼地親密，
她始終拒絕我靠近她。」

「有天夜裡，我狂亂地織著圖畫，心裡的混亂達到頂點。
我織著、織著，突然，她站在我背後，
輕輕地說：『瞧！我這一身五顏六色的身體，
我是有劇毒的，
如果我們結合，
我的天性會讓我吃掉你，這是我愛情的悲劇！
所以，我選擇另一種悲劇的方式，
這就是你不能靠近我的原因。』
說完，她開始流淚。
這是第一次她在我面前哭泣，
而我只能站在距離之外，
看著她落淚，不能靠近她，
我非常希望能夠靜靜地抱著她一下，
哪怕只是一下也好。」

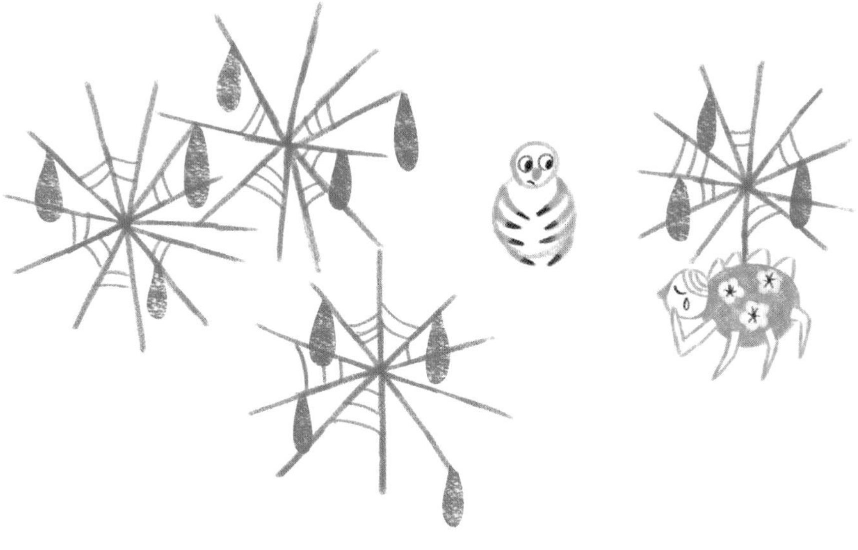

「那時，我忽然有另一種體悟，
她屬於我，她永遠在我的心中，永遠的！
雖然我不能靠近她的形體。
但是，她給我愛情的喜悅，
開拓我生命的視野，給我靈感；
她讓我瞭解愛的本身就是一種回報。
我們曾經一起散步，
一起欣賞日出和日落，一起讚歎露珠，
她發掘了我努力追尋的意義，原來就是『創作』，
我的母親給我的天賦，就是要讓我織造一幅幅美麗的圖畫。」

「『你離開我吧！』她拭乾眼淚，顯現堅強的神情。
我搖搖頭，不假思索地回答：
『我們注定在一起的，我們的心靈是靠近的！』
就這樣，我們在一起很久、很久，
我們珍惜每一天、每一分、每一秒……
我們一直織著畫，都忘了共同織造過多少幅畫，
許多畫完成了，又毀滅了，
我們仍然織著畫，直到她死去的那天。

「她死了後，我告訴自己，她沒有離開我，
她在我的心裡永遠分不開了！
我依然織著畫，我不孤獨，
每天夢裡我們相見，死亡不能毀滅我們的愛情。
一個沒有真正愛過的人，那才是真正的孤獨。
我很老了，很快地，我就要去找她了！
就像當時，我追尋她的腳步一般！」

天光漸漸亮了，漸漸亮了，

有一隻經過的鳥吱吱叫了兩聲，又飛遠了。

老蜘蛛講完他的故事，這一晚好像一輩子那麼長。

老蜘蛛非常疲累，看起來更蒼老了。

小壁虎在一旁聆聽著，彷彿也經驗了一場精彩的人生。

對於一場精彩的人生而言，冷——實在不算什麼！

是的，小壁虎完全忘記冷了，

可是他身體的溫度卻逐漸在下降，

窗外的寒流愈來愈強了。

「告訴我，孩子，你在想什麼？咳！咳！」蜘蛛的老毛病又犯了。

「我想好好吃一頓，然後睡一場大覺，醒來，有陽光！」

小壁虎真的又餓又睏了。

「吃了我吧！把我化作你的養分，你就可以冬眠！
我很快就會死，不是凍死、就是老死。
我沒病，除了一點點的咳嗽。
吃了我吧！你應該長成一隻大壁虎，
嘗試生命的各種經驗，
把各種滋味都嘗一點，你的人生就完整了。」
老蜘蛛的聲音充滿慈祥。
「我想，長成像你一樣了不起的一隻大壁虎！」
小壁虎淡淡地笑了一下，有點害羞的！

「孩子，每一個生命都是了不起的，
只要你完成了你的意義。
農夫的意義是播種，
哲學家的意義是思考，
藝術家的意義是創作，
只要有了意義，
你的日子就會像跳動的音樂，
不停地唱著一首一首的歌。」
老蜘蛛的嘴裡哼起一兩個簡單的音符。
小壁虎有點沮喪：
「我是孤獨的、寒冷的，而且空白的，
我的意義在哪兒？」
他已學會了一點堅強，不再輕易掉淚。

「看！孩子，外面風起，又下著雨，
天空灰濛一片，樹木蕭條，葉落盡了，這就是冬天。
可是春天就不一樣了，
溪水開始淙淙地流，樹木發出綠色新芽，
小鳥快樂唱歌，陽光開始經常照耀。
夏天呢！陽光更燦爛了，天氣變熱了！
樹木綠意盎然，蟬大聲地唱，大海澎湃訴說清涼。
而秋天，葉子一片片掉落了，
昆蟲和小鳥紛紛準備冬眠和南飛，天涼了，涼了！
孩子，這就是季節！
在每個季節，你都可以得到大自然給你的感動訊息，
不會孤獨，不會貧乏。
每個人都有憂鬱的時候，
都有達不到夢想的沮喪，
你抬頭看雲，
你的意義好像浮在天空中，告訴你：

不要哭泣了！走出心裡的世界，走到廣闊的天地，
來發現我吧！」

老蜘蛛的聲音愈來愈小，眼睛也闔上了！

嘴裡仍然繼續喃喃自語：

「吃掉我吧！吃掉我吧！」終至無聲。

小壁虎試圖喊他幾聲，

老蜘蛛動也不動，一點反應都沒有。

小壁虎的眼又流了三滴淚：

「他死了！他死了！」

死亡恐怖嗎？

不！死亡只是一種完成。

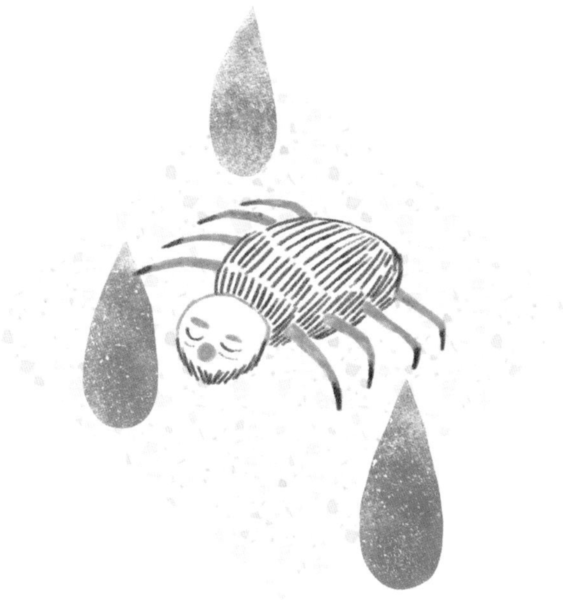

小壁虎淡淡傷心著，
現在又只剩下他一人了。
他看著老蜘蛛的身體，
腦海裡滿是老蜘蛛的餘音：
「吃掉我吧！吃掉我吧！」
小壁虎拉開身上的網絲，把它拖到老蜘蛛的身上，
緊緊覆蓋著老蜘蛛。
「它曾經是老蜘蛛的意義，
它曾經是一幅偉大的畫。
現在，它是老蜘蛛的守護神，
它曾陪他度過一個、兩個……無數個冬天！」
小壁虎轉身離開老蜘蛛。

吃掉我吧！吃掉我吧！吃掉我吧！
吃掉我吧！吃掉我
吃掉我吧！吃掉我吧！吃掉我吧！吃掉我
吃掉我吧！

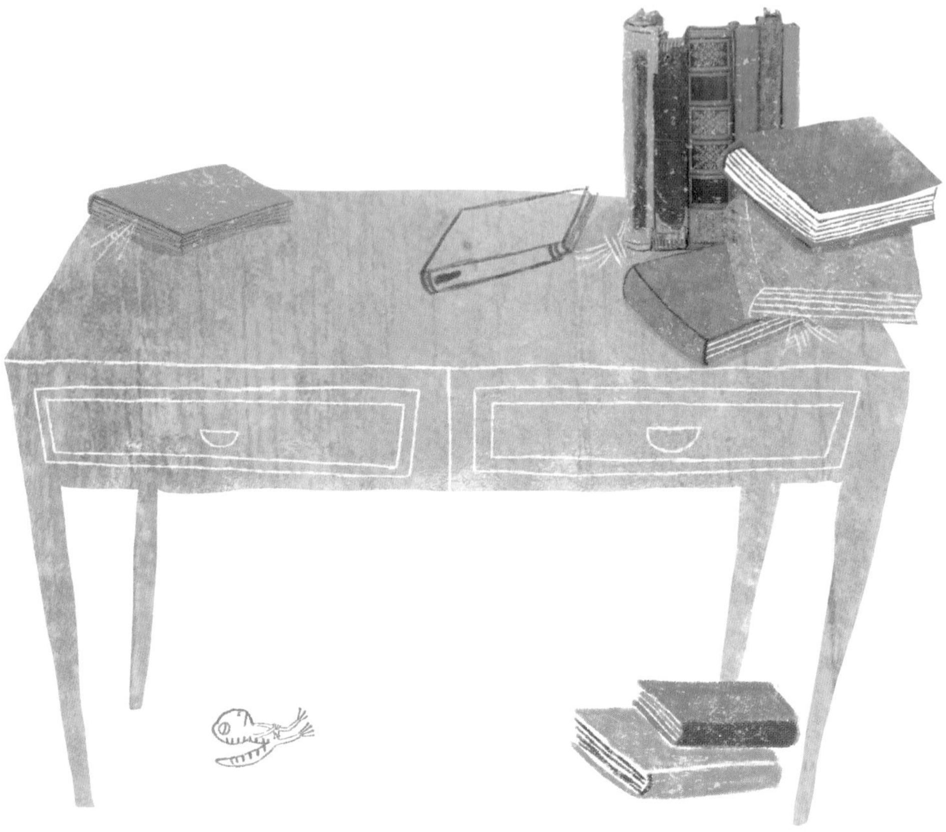

溫度八度C，
在舊閣樓的舊書桌下，
小壁虎四腳朝天，
他終於不冷，
有一個長長的冬眠了！

有朋友問我：為什麼寫「成人非童話」？

也有朋友熱烈地與我談論某部分的形式與段落處理方式，如何更臻完美。

我很誠實地回答：只是因為我想如此呈現！

因為我還年輕，有一些很真的感覺稍縱即逝，所以我必須很大膽而莽撞地把心裡很直覺的意念表達出來，為了忠於那樣的真，我選擇最簡單的文字和形式。

但因為我還年輕，我的能力只能讓我做到這樣的程度，是的！我想它是不夠完美，但我期望的是：在年歲而後，透過時間的歷練，能夠將它再完成得更好一點。

就像美國詩人蓋瑞．史納德所言：「你不能聲稱詩是你的，因為詩的靈感來自任何人、任何地。」

同樣的，在創作《閣樓小壁虎》過程中，筆下的那些角色彷彿就和我一起在閣樓裡生活，告訴我他們的經歷、他們的心情以及他們的想法……。

陪我度過漫長的、寂寞的一年。希望接下來他們陪著你度過一些快樂的、憂傷的、輕狂的種種時候。

——寫於一九九一年二月出版前

生命的復甦與重生

一九九〇年，因和一隻垂死的小壁虎意外邂逅，而衍生了《閣樓小壁虎》一書的誕生。

十年過去，小壁虎和許多許多年輕朋友們持續互動著，發生關係……，成為追尋生命意義的一種象徵。

然而，小壁虎的生死始終成謎，有無數的讀者一再追蹤小壁虎的下落：「請告訴我們，小壁虎究竟有沒有死？」

身為作者的我，留下一個莫大伏筆，卻一直沒有一個具體的答覆：是或不是！因為我自己也不知道。

十年來，我也一直在追尋我的生命意義，設立了一個階段又一個階段的人生目標，奔足前去，如同攀爬一座座高峰，到達峰頂，目光卻眺向了遠方。

確立了表相的社會價值，確立了無憂的生活品質，我回頭看看自己：失落了什麼？青春的心或純粹的熱情？

是的，我覺得自己一點一點在消失，變成一張名片的頭銜，變成一個扮演的角色。我做了許多事，但真實卻與我越來越疏離：我失去了無目的的閱讀，沒有邊際的想像，放肆的創作以及真正的投入。

我又問我自己：我在攀附什麼？有什麼是不可丟棄的東西？

生命最哀的悲歌是非如此不可的自我設限。

非如此不可——你游移在一條自以為安全的軌道，害怕一無所有；你過著一成不變的單調生活，擔心隨異動而來的危險未知；你總是以數字衡量一切，不斷奔波於世俗的認同眼光裡，必須活在掌聲鼓勵之中。

一九九九年最後一日，我決心告別多年主編生涯，過一個屬於自己的二〇〇〇年。我鬆了一口氣，就像瑜伽體位法中，某個使盡全力的高難度動作之後完全的放鬆。雖然我知道，往後是一條更寂寞的路途，得重新像一個拓荒者，灑下新種子，然後再幾個數年，才能得見繁花滿地。

但有什麼關係！人生是可以花時間去耕耘等待的，一如西藏人的精神：「這一世未完成的事，還有下一世。」

這句話是教導我們擺脫得失，真實地投入生命，享受任何時刻的存在狀態，而非要我們消極度日、逃避到下一世。

我們總是庸庸碌碌、耗費不必要的時光盲目尋找，我們總是期待更多更滿的奢華，卻忽略手中粗茶淡飯的原味。當水瓶新世紀即將揭曉之際，回到內在的返璞歸真，將終結二十世紀全民運動的繁榮追求，我決定讓新的小壁虎也在冬眠十年後重生了。而那是一隻保有純潔特質之外，更具備覺知的小壁虎！

十年前，小壁虎開啟了國內成人童話的創作先風；十年後，當各種成人童話紛紛出籠之際，小壁虎的重生也意味著更深刻的意義——學習去做一隻屬於自己的小壁虎；學習真愛與生命盛禮的體悟。

從春季到秋季，小壁虎的旅行是一場愛之旅，正如我們遊走人生一樣，因愛而喜悅，因愛而受傷，也因愛而得到最終極的諒解。

在千禧年之時，能夠再見小壁虎，對作者而言是件值得慶祝的事，小壁虎陪伴我們走進下一個世紀。

是的，生命是絕對值得慶祝的，慶祝混亂，慶祝美好，慶祝分離，也慶祝重逢，因為生命的每一刻都是無與倫比。

——寫於二〇〇〇年五月三日

遇見永恆的自己

二十多年前一個冷清冬天的夜晚，小壁虎出現在我的生命中，那一年我還不知道我的生命將往哪裡去，沿途會看見什麼風景。但我內心底，總是信任那一份冥冥中的指引，信任宇宙，信任造化，信任我生命的每一刻都是最完美的存在。

二十多年過去，無數小壁虎的讀者，包含我這位創作者在內，我們歷經了人生旅程的各種起伏跌宕，我們走過星星的闇夜、滿月的寂靜和太陽的燦爛。

我們也走進某個人的人生，開始不一樣的生活，學習愛的包容與付出，孕育一個家庭；我們去過山上，到過海邊，穿越鄉野，來到城市……，穿梭一站又一站的時間月台，在上車下車間，品嘗著酸甜苦辣的滋味，品嘗得到與失去的幸福。慢慢地，我們也將從小壁虎變成老蜘蛛。

重新溫習這本青春之作，書中的一字一句，仍像是最晶瑩剔透的晨露雨珠，打動著我的心，和二十多年前的小壁虎相遇，彷彿遇見了內在永恆不老的自己。

「嗨，你好嗎？還是那樣地以美好的眼光看待人生嗎？還是懷抱著某種理想性的情懷嗎？還是堅持著純真的態度嗎？還是相信著自己不管遭遇什麼，都是最棒的經驗嗎？」

是的，沒錯！不同的是，我不再「尋找」生命意義，而是「創造」我的生命意義；「成為」我的生命意義。一如書中老蜘蛛所言：「每一個生命都是了不起的，只要你完成了你的意義。」

二十多年前，因為和一隻垂死的小壁虎偶然邂逅，而有了小壁虎系列故事，開啟國內成人童話的創作風潮，更成為新時代（New Age）的心靈之書，對我來說，這本《閣樓小壁虎》已不僅僅屬於我的作品，更是屬於無數心靈旅行者在尋找極光寒冷途中的暖暖包，它已然走出屬於自己的生命，創造它自己獨特的意義。

當然，要感謝的還有二十多年來每一位支持小壁虎的讀者們，在經歷一九九九年世紀末日或者二〇一二年地球毀滅神話後，讓我們再一次慶祝小壁虎的重生，也慶祝我們生命種種的所有，慶祝美好，慶祝混亂，慶祝分離，慶祝死亡，也慶祝重逢。

——二〇一四年二月十日，寫於阿芭光之花園

國家圖書館出版品預行編目資料

閣樓小壁虎／鄭栗兒著；
.——初版——臺中市：好讀，2019.07
面；　公分，——（小宇宙；15）

ISBN 978-986-178-496-0（平裝）
863.57　　108009832

好讀出版

小宇宙 15
閣樓小壁虎

填寫線上讀者回函
獲得更多好讀資訊

作　　者／鄭栗兒
繪　　者／蔡豫寧
總 編 輯／鄧茵茵
文字編輯／林泳誼、王智群
美術編輯／廖勁智
封面設計／鄭年亨
行銷企畫／劉恩綺
發 行 所／好讀出版有限公司
407 台中市西屯區工業 30 路 1 號
407 台中市西屯區大有街 13 號（編輯部）
TEL: 04-23157795 FAX: 04-23144188 http://howdo.morningstar.com.tw
（如對本書編輯或內容有意見，請來電或上網告訴我們）
法律顧問／陳思成律師

總 經 銷／知己圖書股份有限公司
106 台北市大安區辛亥路一段 30 號 9 樓
TEL: 02-23672044 ／ 23672047 FAX: 02-23635741
407 台中市西屯區工業 30 路 1 號 1 樓
TEL: 04-23595819 FAX: 04-23595493
E-mail:service@morningstar.com.tw
網路書店：http://www.morningstar.com.tw
讀者專線：04-23595819#230
郵政劃撥：15060393（知己圖書股份有限公司）

印　　刷／上好印刷股份有限公司
初　　版／西元 2019 年 7 月 15 日
定　　價／ 250 元
如有破損或裝訂錯誤，請寄回台中市 407 工業區 30 路 1 號更換（好讀倉儲部收）

Published by How Do Publishing Co., Ltd.
2019 Printed in Taiwan

ISBN 978-986-178-496-0